I0566203

Y+

# CANTIQUES

## POUR LES

## RETRAITES PAROISSIALES.

PRIX : 10 CENTIMES.

## SE TROUVE A ORLÉANS, CHEZ :

BLANCHARD, libraire, rue d'Escures;

GATINEAU, libraire, au coin des rues Royale et Jeanne-d'Arc.

Ye     1858     16944

## ACTE DE FOI.

Mon Dieu, je crois fermement tout ce que croit et enseigne la sainte Église, parce que c'est vous, ô mon Dieu, qui l'avez dit, et que vous êtes la vérité même.

## ACTE D'ESPÉRANCE.

Mon Dieu, j'ai une ferme confiance, par les mérites de Jésus-Christ, qu'en usant bien de vos grâces en cette vie, je vous posséderai éternellement en l'autre ; parce que vous l'avez promis et que vous êtes fidèle en vos promesses.

## ACTE DE CHARITÉ.

Mon Dieu, je vous aime de tout mon cœur, plus que toutes choses, parce que vous êtes infiniment bon, infiniment aimable, et j'aime mon prochain comme moi-même pour l'amour de vous.

## ACTE DE CONTRITION.

Mon Dieu, j'ai un extrême regret de vous avoir offensé, parce que vous êtes infiniment bon, infiniment aimable, et que le péché vous déplaît; je fais un ferme propos, moyennant votre sainte grâce, de ne plus vous offenser et de faire pénitence.

Orléans, imprimerie CHENU, successeur d'A. GATINEAU.

# CANTIQUES

## POUR LES RETRAITES PAROISSIALES.

----

**Douceur et avantage de retraite.**

Voici les jours de la miséricorde
Depuis longtemps désirés de mon cœur,
Jours que le Ciel dans sa bonté m'accorde,
Jours de salut, de paix et de bonheur.

Jours de bonheur pour une âme innocente :
Elle y reçoit les célestes faveurs.
Jours de bonheur pour l'âme pénitente,
Car il est doux de pleurer ses erreurs.

Ouvre-moi donc ton enceinte tranquille,
Douce retraite, asile de la paix :
Là le Seigneur se montre plus facile ;
C'est là qu'il aime à verser ses bienfaits.

Là du Seigneur la bonté paternelle
Gagne les cœurs par ses charmes puissants,
Là le pécheur, devenu moins rebelle,
Prête l'oreille à ses tendres accents.

Lui-même a dit : Au sein de la retraite
Je conduirai l'insensible pécheur :
Par les plaisirs son âme est trop distraite,
Là je pourrai lui parler cœur à cœur.

Voici, Seigneur, cette âme si volage
Que votre amour poursuivit si longtemps :
Dans la retraite achevez votre ouvrage,
Fixez enfin ses désirs inconstants.

A votre grâce, ô mon aimable père,
Jusqu'à ce jour si j'ai pu résister,

C.

Cette retraite est la grâce dernière :
Ah ! c'en est fait, je veux en profiter.

Et vous, plaisirs, chimères séduisantes,
En ce moment recevez mes adieux ;
Retirez-vous : à vos fêtes bruyantes,
J'ai préféré le calme de ces lieux.

Dans le secret de cette solitude
Je veux enfin me donner au Seigneur :
Il oubliera ma longue ingratitude,
Et son amour comblera mon bonheur.  **M. Petetot**

## Importance du salut.

Travaillez à votre salut;
Quand on le veut, il est facile ;
Chrétiens, n'ayez point d'autre but ;
Sans lui tout devient inutile.
Sans le salut (*bis*), pensez-y bien,
Tout ne vous servira de rien. (*bis*).

Oh ! que l'on perd en le perdant,
On perd le céleste héritage,
Et, par un échange effrayant,
On aura l'enfer pour partage,          Sans le salut.

Que sert de gagner l'univers,
Dit Jésus, si l'on perd son âme,
Et s'il faut au fond des enfers
Brûler dans l'éternelle flamme ?       Sans le salut.

Mettons donc notre empressement
A chercher la gloire éternelle;
Tout le reste est amusement,
Vanité, pure bagatelle.                Sans le salut.

C'est pour toute une éternité
Qu'on est heureux ou misérable ;
Que devant cette vérité
Tout ce qui passe est méprisable ! Sans le salut

Grand Dieu ! que tant que nous vivrons,
Cette vérité nous pénètre !
Ah ! faites que nous nous sauvions,
A quelque prix que ce puisse être.  Sans le salut.

## Sur les vanités du monde.

Tout n'est que vanité,
Mensonge, fragilité,
Dans tous ces objets divers
Qu'offre à nos regards l'univers.
Tous ces brillants dehors,
Cette pompe,
Ces biens, ces trésors,
Tout nous trompe,
Tout nous éblouit;
Mais tout nous échappe et nous fuit.

Telles qu'on voit les fleurs,
Avec leurs vives couleurs,
Eclore, s'épanouir,
Se faner, tomber et périr ;
Tels des vains attraits
Le partage,
Tels l'éclat, les traits
Du bel âge,
Après quelques jours,
Perdent leur beauté pour toujours.

En vain pour être heureux
Le jeune voluptueux
Se plonge dans les douceurs
Qu'offrent les mondains séducteurs.
Plus il suit les plaisirs
Qui l'enchantent,
Et moins ses désirs
Se contentent :
Le bonheur le fuit
A mesure qu'il le poursuit.

Arbitre des humains,
Dieu seul tient entre ses mains
Les événements divers
Et le sort de tout l'univers;
Seul il n'a qu'à parler,
Et la foudre
Va frapper, brûler,
Mettre en poudre
Les plus grands héros,
Comme les plus vils vermisseaux.

La mort, dans son courroux,
Dispense à son gré les coups,
N'épargne ni le haut rang,
Ni l'éclat auguste du sang.
Tout doit un jour mourir,
Tout succombe,
Tout doit s'engloutir
Dans la tombe :
Les sujets, les rois,
Iront s'y confondre à la fois.

Oui, la mort à son choix,
Fait tout plier sous ses lois,
Et l'homme ne fut jamais
A l'abri d'un seul de ses traits :
Comme sur son retour,
La vieillesse,
Dans son plus beau jour
La jeunesse,
L'enfance au berceau,
Trouvent tour à tour leur tombeau.

Oh ! combien malheureux
Est l'homme présomptueux,
Qui, dans ce monde trompeur
Croit pouvoir trouver son bonheur !
Dieu seul est immortel,
Immuable,

Seul grand, éternel,
Seul aimable ;
Avec son secours,
Soyons à lui seul pour toujours.

Que vont-ils devenir,
Pour l'homme qui doit mourir,
Ces biens trop longtemps amassés,
Cet argent, cet or entassés ?
Fût-il du genre humain
Seul le maître,
Pour lui, tout enfin
Cesse d'être :
Au jour de son deuil,
Il n'a plus à lui qu'un cercueil.

Que sont tous ces honneurs,
Ces titres, ces noms flatteurs,
Où vont de l'ambitieux
Les projets, les soins et les vœux ?
Vaine ombre, pur néant,
Vil atôme,
Mensonge amusant,
Vrai fantôme,
Qui s'évanouit
Après qu'il l'a toujours séduit !

J'ai vu l'impie heureux
Porter son air fasteux
Et son front audacieux
Au dessus du cèdre orgueilleux :
Au loin tout révérait
Sa puissance,
Et tout adorait
Sa présence ;
Je passe, et soudain
Il n'est plus, je le cherche en vain.

Que sont donc devenus,

Ces grands, ces guerriers connus,
Ces hommes dont les exploits
Ont soumis la terre à leurs lois?
   Les traits éblouissants
    De leur gloire,
  Leurs noms florissants,
    Leur mémoire,
  Avec les héros
Sont entrés au sein des tombeaux.

## Sur la doctrine chrétienne.

### 1. *Un Dieu créateur et rémunérateur.*

Crois en Dieu, créateur du ciel et de la terre,
Qui conserve et gouverne en maître l'univers;
Infini, juste et bon : de l'homme il est le père,
Réserve aux bons le ciel, aux méchants les enfers.
Oui, Seigneur, nous croyons ces vérités divines;
Mais daignez augmenter cette foi dans nos cœurs.
Nul ne sera sauvé s'il ne tient ses doctrines,
Et ne s'efforce en tout d'y conformer ses mœurs.

### II. *Mystère de la sainte Trinité.*

Crois de la Trinité le mystère suprême:
Trois personnes en Dieu : Père, Fils, Saint-Esprit;
Egales toutes trois, leur nature est la même.
L'Eglise, notre mère, ainsi de Dieu l'apprit.
Oui, Seigneur, etc.

### III. *Péché originel. Mystère de l'incarnation.*

Pour laver dans son sang la tache originelle,
Crois que le Fils-de-Dieu pour nous s'est incarné.
Sans Jésus, l'homme était, à la mort éternelle,
Par le péché d'Adam justement condamné.
Oui, Seigneur, etc.

### IV. *Mystère de la rédemption. Abrégé de la vie de J.-C.*

Conçu du Saint-Esprit, né d'une vierge-mère,
Humble, pauvre et soumis, parmi nous il vécut;
Guérit nos maux, prêcha l'Evangile à la terre;

Et pour nous racheter sur la croix il mourut.
Oui, Seigneur, etc.

**V.** *Résurrection. Ascension. Jugement dernier.*
Mais bientôt sur la mort remportant la victoire,
A la droite du Père il monta dans le ciel.
Un jour nous le verrons descendre plein de gloire,
Pour prononcer à tous notre arrêt éternel.
Oui, Seigneur, etc.

**VI.** *Saint-Esprit. Justification du pécheur.*
Le Père t'a créé par sa toute-puissance ;
Le Fils, pour te sauver, a versé tout son sang.
L'Esprit-Saint, de ses dons l'abondance,
Rend ton cœur juste et saint, de Dieu te fait l'enfant.
Oui, Seigneur, etc.

**VII.** *La prière. La grâce. Les sacrements.*
Adresse au Ciel une humble et constante prière :
Sans la grâce, à tout bien nous sommes impuissants.
De Jésus, par Marie, obtiens force et lumière ;
Et surtout avec foi recours aux sacrements.
Oui, Seigneur, etc.

**VIII.** *Confession. Fuite de l'occasion.*
Dieu, du plus grand pécheur reçoit la pénitence ;
Confesse tes péchés, sois franc en tes aveux ;
Sois ferme en ton propos ; sauve ton innocence
De toute occasion, de tout mal dangereux.
Oui, Seigneur, etc.

**IX.** *Motifs de contrition. Maux qu'entraîne le péché.*
Pour haïr ton péché, songe aux maux qu'il amène ;
Monte au ciel en esprit ; vois quel trône tu perds !...
Descends ; et des damnés vois l'éternelle peine !...
Viens au Calvaire, et là, verse des pleurs amers !...
Oui, Seigneur, etc.

**X.** *Eucharistie. Communion fréquente.*
Au saint autel, Jésus te donne en nourriture

Son corps, son sang, son âme et sa divinité.
S'il change ici pour toi les lois de la nature,
Il veut que ce banquet soit par toi fréquenté.
Oui, Seigneur, etc.

XI. *Eglise. Institution divine. Infaillibilité.*
Crois encore qu'ici-bas il a fondé l'Eglise ;
De son Esprit divin il l'assiste toujours.
Comme à son chef suprême, au pape il l'a soumise ;
Avec elle il sera jusqu'à la fin des jours.
Oui, Seigneur, etc.

XII. *Fins dernières de l'homme.*
Souviens-toi que pour lui Dieu t'a mis sur la terre ;
Le temps fuit, la mort vient, et puis l'éternité !
Où le ciel, où l'enfer, au bout de ta carrière...
Connais, aime et sers Dieu ; le reste est vanité !
Oui, Seigneur, etc.

**Le pécheur détompé des erreurs du monde.**

Un fantôme brillant séduisit ma jeunesse ;
Sous le nom du plaisir, il égara mes pas ;
Insensé que j'étais ! je n'apercevais pas
L'abime que des fleurs cachaient à ma faiblesse.
Mais enfin revenu de mes égarements,
Remettant mon salut à ta bonté chérie,
O mon Dieu ! mon soutien ! après mille tourments,
Quand je reviens à toi, je reviens à la vie.

Le flambeau si vanté de la philosophie,
Ces lumières du jour dont j'admirais les feux,
M'ont conduit sur le bord d'un précipice affreux
Où me poussait sans cesse une force ennemie.
Mais enfin, etc.

Plaisirs où j'avais cru ne trouver que des charmes,
Ivresse de mes sens, trompeuse volupté,
Hélas ! en vous cherchant que vous m'avez coûté
De craintes, de douleurs, de regrets et de larmes !
Mais enfin, etc.

Vous qui de vos vertus souteniez mon enfance,
O mon père! ô ma mère! à combien de douleurs
Ma jeunesse rebelle a dû livrer vos cœurs,
Et troubler vos tombeaux dans leur pieux silence!
Mais enfin, etc.

Pardonnez, pardonnez à votre enfant coupable!
Hélas! cent fois puni d'oublier vos leçons,
Même au sein des plaisirs, par des remords profonds
Il expiait déjà son crime impardonnable.
Mais enfin, etc.

Oui, mon Dieu, c'en est fait: touché de ta clémence,
Je quitte pour jamais le monde et ses appas.
Nouvel enfant prodigue, appelé dans tes bras,
Je retrouve à la fois mon père et l'innocence.
Car, enfin revenu de mes égarements, etc.

### Sur le jugement dernier.

Dieu va déployer sa puissance;
Le temps comme un songe s'enfuit;
Les siècles sont passés, l'éternité commence,
Le monde va rentrer dans l'horreur de la nuit.
Dieu, etc.

J'entends la trompette effrayante,
J'entends l'ange du Dieu vivant
Crier, du haut des cieux, d'une voix foudroyante:
O morts! levez-vous tous, venez au jugement.
J'entends, etc.

Grand Dieu! quelle horrible épouvante!
Quel bruit, quels lugubres éclairs!
Le Seigneur a lancé la foudre étincelante,
Et ses feux dévorants embrasent l'univers.
Grand Dieu, etc.

Les monts foudroyés se renversent,
Les éléments sont confondus,
La mer ouvre son sein, ses ondes se dispersent:

Tout est dans le chaos, et la terre n'est plus.
  Les monts, etc.

  Tremblez, habitants de la terre,
  Tremblez, le Seigneur va venir :
Vous lui fîtes longtemps une coupable guerre.
Son jour approche; il vient, pécheurs, pour vous
  Tremblez, etc.     [ punir.

  Il vient, tout est dans le silence;
  Sa croix porte au loin la terreur :
Le pécheur consterné frémit à sa présence,
Et le juste lui-même est saisi de frayeur.
  Il vient, etc.

  Assis sur un trône de gloire,
  Il dit : Venez, ô mes élus !
Comme moi vous avez remporté la victoire,
Recevez de mes mains le prix de vos vertus,
  Assis, etc.

  Mais vous, dans le sein des abîmes
  Tombez, pécheurs audacieux;
De mon juste courroux immortelles victimes,
Vils suppôts des démons, vous brûlerez comme eux.
  Tombez, etc.

  Triste éternité de supplices,
  Tu vas donc commencer ton cours !
De l'heureuse Sion ineffables délices,
Bonheur, gloire des saints, vous durerez toujours.
  Triste, etc.

  De vos jugements, Dieu sévère,
  Pourrai-je subir les rigueurs?
J'ai péché : mais Jésus calme votre colère;
J'ai péché : mais mon crime est lavé par mes pleurs.
  De vos jugements, etc.

### Sur le purgatoire.

  Au fond des brûlants abîmes,
  Nous gémissons, nous pleurons;

Et pour expier nos crimes,
Loin de Dieu nous y souffrons.
 Hélas ! hélas !
Feu vengeur, de tes victimes
Les pleurs ne t'éteignent pas.
 Hélas ! hélas ! etc.   }*bis.*

A l'aspect de nos supplices,
Chrétiens, attendrissez-vous :
A nos maux soyez propices,
O nos frères ! sauvez-nous.
 Hélas ! hélas !
Le Ciel, sans vos sacrifices,
Ne les abrégera pas.
 Hélas ! hélas ! etc.   }*bis.*

De ces flammes dévorantes
Vous pouvez nous arracher :
Hâtez-vous, âmes ferventes,
Dieu se laissera toucher.
 Hélas ! hélas !
De ces peines si cuisantes
La fin ne vient-elle pas ?
 Hélas ! hélas ! etc.   }*bis.*

Grand Dieu ! de votre justice
Désarmez le bras vengeur :
Que notre malheur finisse
Par le sang d'un Dieu sauveur !
 Hélas ! hélas !
Votre main libératrice
Ne s'ouvrira-t elle pas !
 Hélas ! hélas ! etc.   }*bis.*

### Sur l'enfer.

Quelle fatale erreur, quel charme nous entraîne !
Rien n'égala jamais notre stupidité :
Il est pour les pécheurs une éternelle peine,
Et nous aimons l'iniquité.

A 3

De Dieu sur nos excès voyant le long silence,
On croit qu'impunément on le peut offenser ;
Mais s'il exerce tard sa terrible vengeance,
    Le temps viendra pour l'exercer.

C'est après notre mort que, montrant sa justice,
Il sait rendre à chacun ce qu'il a mérité ;
Mais soit qu'alors sa main récompense ou punisse,
    C'est pour toute une éternité.

Devant Dieu les damnés seront toujours coupables,
En mourant criminels ils sont morts endurcis :
Il faut donc qu'en enfer des maux toujours durables
    De péchés éternels soient à jamais le prix.

La beauté du Seigneur, l'éternel héritage,
Les plaisirs ravissants du céleste séjour,
Jamais des réprouvés ne seront le partage :
    Ils ont tout perdu sans retour.

Que la mort, dans leurs maux, leur serait secourable!
Ils voudraient n'être plus, pour cesser de souffrir ;
Mais, c'est du ciel contre eux l'arrêt irrévocable :
    Souffrir toujours, jamais mourir.

De ces peines sans fin la pensée accablante
Désole leur esprit : sans cesser un moment,
L'éternité pour eux tout entière est présente,
    Et fait leur plus affreux tourment.

Eternel désespoir, tortures éternelles,
Feux, brasiers éternels, éternelle fureur,
O peines de l'enfer que vous êtes cruelles !
    Je le crois, et je suis pécheur !

### Sur le ciel.

Sainte cité, demeure permanente,
Sacré palais qu'habite le grand Roi,
Où doit un jour régner l'âme innocente,
Quoi de plus doux que de penser à toi !

O ma patrie !
O mon bonheur !
Toute ma vie
Sois le vœu de mon cœur.          *bis.*

Dans tes parvis tout n'est plus qu'allégresse ;
C'est un torrent des plus chastes plaisirs :
On n'y ressent ni peine ni tristesse,
On n'y connaît ni plaintes ni soupirs.          O ma.

Tes habitants ne craignent plus d'orage :
Ils sont au port, ils y sont pour jamais ;
Un calme entier devient leur doux partage :
Dieu dans leur cœur verse un fleuve de paix.          O ma.

De quel éclat ce Dieu les environne !
Ah ! je les vois tout brillants de clarté !
Rien ne saurait y flétrir leur couronne !
Leur vêtement est l'immortalité.          O ma.

Pour les élus il n'est point d'inconstance,
Tous sont soumis au joug du saint amour ;
L'affreux péché n'a plus là de puissance ;
Tout bénit Dieu dans cet heureux séjour.          O ma.

Beauté divine, ô beauté ravissante !
Tu fais l'objet du suprême bonheur :
Oh ! quand naîtra cette aurore brillante
Où nous pourrons contempler ta splendeur ?          O ma.

### Exhortation à la confession.

Pécheur, en ce beau jour, ton âme malheureuse
Peut cesser de gémir sous le poids du remords ;
Le Seigneur vient t'offrir une paix généreuse,
Si tu veux l'acheter au prix d'un noble effort.

La justice a parlé : le pardon qu'elle accorde
Par un pénible aveu doit être mérité.
Mais que les soins touchants de la miséricorde
Savent bien adoucir cet aveu redouté ?

Non loin du saint autel où pour l'homme coupable
Un sacrifice auguste est offert chaque jour,
Dépouillé de terreur, d'appareil formidable,
S'élève un tribunal de clémence et d'amour.

C'est là que le pécheur, accusé volontaire,
N'a que lui pour témoin et pour accusateur ;
Lui seul est entendu : nulle voix étrangère
Ne peut mêler sa plainte aux aveux de son cœur.

Là, seul avec son juge, à lui seul il révèle
De ses égarements le tissu criminel ;
Et le ministre saint, au silence fidèle,
Les couvre au même instant d'un secret éternel.

Mais quel nom plein d'amour, de douceur et de charmes
Vient du pécheur tremblant calmer l'anxiété !
Mon père.... A ce doux nom il voit fuir ses alarmes
Et renaître la paix dans son cœur agité.

Oui, son juge est son père : un père est-il à craindre ?
Contre le repentir il n'a point de courroux ;
Un père sent bientôt sa colère s'éteindre,
Quand il voit son enfant pleurer à ses genoux,

Approche, enfant pécheur, viens avec assurance ;
Du ministre du ciel la main va te bénir !
Ton crime a mérité la céleste vengeance,
Mais sa main fut toujours impuissante à punir.

Et toi, qui chaque jour protéges sa faiblesse,
O céleste gardien, ne l'abandonne pas :
Il est depuis longtemps l'objet de ta tendresse ;
Au tribunal sacré daigne guider ses pas.

Il entre, heureux enfant, dans la sainte piscine ;
Il confesse au Seigneur qu'il a beaucoup péché,
Il frappe par trois fois sa coupable poitrine,
Et de son humble aveu le Seigneur est touché !

Que le Seigneur est bon, même quand sa justice
Contre l'homme pécheur fait entendre sa voix !

Jusque dans ses rigueurs, sa bonté protectrice
Etend sa main puissante et réclame ses droits.

M. Petetot.

## Exhortation à une confession sincère.

Enfant pécheur, va répandre
Le secret de tes douleurs,
Dans le sein d'un ami tendre
Et sensible à tes malheurs.

Repousse la vaine atteinte
Des mensongères terreurs,
Et confesse-lui sans crainte
Tes remords et tes erreurs.

Mais quoi ! ta bouche timide
Sent sa parole expirer ;
Une épouvante perfide
De ton cœur veut s'emparer.

Pauvre enfant ! que vas-tu faire ?
Ah ! quel funeste projet !
Tu veux cacher à ton père
Un déplorable secret.

Quoi ! tu veux rendre inutiles
Tant d'aveux et tant d'efforts ;
Pour des craintes puériles
Tu veux aggraver tes torts ;

D'un démon muet la victime,
Par un silence maudit,
Tu commettrais donc le crime
De mentir au Saint-Esprit.

Quand la grâce t'est offerte,
Quand Dieu veut te pardonner,
Pourquoi courir à ta perte
Et te faire condamner ?

Un remède salutaire
Assure ta guérison,

A 4

Et ta bonté meurtrière
Le tournerait en poison!

Ah ! si tu pouvais connaître
L'amour que pour le pécheur
A mis au cœur de son prêtre
Jésus, le divin pasteur !

Entends sa voix paternelle,
Que déjà tu connais bien :
Avec douceur il t'appelle;
Dis-lui tout et ne crains rien.      M. PETETOT.

### Dieu et le pécheur.

DIEU. Reviens, pécheur, à ton Dieu qui t'appelle,
Viens au plus tôt te ranger sous sa loi :
Tu n'as été déjà que trop rebelle;
Reviens à lui, puisqu'il revient à toi.      *bis.*

LE PÉCHEUR. Voici, Seigneur, cette brebis errante
Que vous daignez chercher depuis longtemps;
Touché, confus d'une si longue attente,
Sans plus tarder je reviens, je me rends. *bis.*

DIEU. Pour t'attirer, ma voix se fait entendre;
Sans me lasser, partout je te poursuis :
D'un Dieu pour toi, du père le plus tendre,
J'ai les bontés, ingrat, et tu me fuis !      *bis.*

LE PÉC. Errant, perdu, je cherchais un asile;
Je m'efforçais de vivre sans effroi :
Hélas! Seigneur, pouvais-je être tranquille
Si loin de vous, et vous si loin de moi !  *bis*

DIEU. Attraits, frayeurs, remords, secret langage,
Qu'ai-je oublié dans mon amour constant?
Ai-je pour toi dû faire davantage?
Ai-je pour toi dû même en faire autant? *bis.*

LE PÉC. Je me repens de ma faute passée;
Contre le Ciel, contre vous j'ai péché;

Mais oubliez ma conduite insensée,
Et ne voyez en moi qu'un cœur touché. *bis.*

Dieu. Si je suis bon, faut-il que tu m'offenses?
Ton méchant cœur s'en prévaut chaque jour :
Plus de rigueur vaincrait tes résistances;
Tu m'aimerais si j'avais moins d'amour. *bis.*

Le Péc. Que je redoute un juge, un Dieu sévère!
J'ai prodigué des biens qui sont sans prix :
Comment oser vous appeler mon père?
Comment oser me dire votre fils? *bis.*

Dieu. Marche au grand jour que t'offre ma lumière,
A sa faveur tu peux faire le bien;
La nuit bientôt finira ta carrière,
Funeste nuit où l'on ne peut plus rien! *bis.*

Le Péc. Dieu de bonté, principe de tout être,
Unique objet digne de nous charmer,
Que j'ai longtemps vécu sans vous connaître!
Que j'ai longtemps vécu sans vous aimer! *bis.*

Dieu. Ta courte vie est un songe qui passe,
Et de ta mort le jour est incertain :
Si j'ai promis de te donner ta grâce,
T'ai-je jamais promis le lendemain? *bis.*

Le Péc. Votre bonté surpasse ma malice;
Pardonnez-moi ce long égarement;
Je le déteste, il fait tout mon supplice,
Et pour vous seul j'en pleure amèrement. *bis.*

### Prière du pécheur pénitent.

De ce profond, de cet affreux abime,
Où je me suis aveuglément jeté,
Le cœur brisé du regret de mon crime,
J'ose implorer, Seigneur, votre bonté.

Prêtez l'oreille à l'ardente prière,
Voyez les pleurs d'un enfant malheureux;

B 1

Quoique pécheur, il voit en vous un père :
Pourriez-vous être insensible à ses vœux?

Si vous voulez, sans user de clémence,
Compter, peser tous nos dérèglements,
Ah! qui pourra compter sur l'innocence,
Et s'assurer contre vos jugements?

Mais vous aimez à vous rendre propice,
Et votre bras, toujours lent à punir,
Se plaît à voir désarmer sa justice ;
Heureux celui qui sait la prévenir!

Cette bonté dans mes maux me console ;
Et quoiqu'il plaise au Seigneur d'ordonner,
Je souffre en paix et crois, sur sa parole,
Que quand il frappe, il veut nous pardonner.

Ah! que mon âme en Dieu toujours espère,
Qu'elle en réclame avec foi le secours,
Ce Dieu puissant, son défenseur, son père,
Dans ses dangers la protégea toujours.

Entre les bras de sa miséricorde,
Avec tendresse il reçoit les pécheurs ;
Et son amour au pardon qu'il accorde
Ajoute encor les plus grandes faveurs.

Ame, autrefois l'objet de sa vengeance,
Ne gémis plus sur ta captivité :
Bientôt il va briser dans sa clémence
Tous les liens de ton iniquité.

**Le pécheur, après avoir imité l'enfant prodigue
dans ses égarements, l'imite dans son repentir.**

Comment goûter quelque repos
Dans les tourments d'un cœur coupable?
Loin de vous, ô Dieu tout aimable,
Tous les biens ne sont que des maux.
J'ai fui la maison de mon père
A la voix d'un monde enchanté,

Qui promet la félicité,
Mais qui n'enfante que misère.                    *bis.*

Vois, me disait-il, vois le temps
Emporter ta belle jeunesse ;
Tu cueilles l'épine qui blesse,
Au lieu des roses du printemps.
Le perfide, pour ma ruine,
Cachait l'épine sous les fleurs ;
Mais vous, ô Dieu plein de douceurs,
Vous cachez les fleurs sous l'épine.              *bis.*

Créateur justement jaloux,
Ah ! voyez ma douleur profonde.
Ce que j'ai souffert pour le monde,
Si je l'avais souffert pour vous !...
J'ai poursuivi dans les alarmes
Le fantôme des vains plaisirs :
Ah ! j'ai semé dans les soupirs,
Et je moissonne dans les larmes.                  *bis.*

Qui me rendra de la vertu
Les douces, les heureuses chaînes ?
Mon cœur sous le poids de ses peines
Succombe et languit abattu.
J'espérais, ô triste folie !
Vivre tranquille et criminel ;
J'oubliais l'oracle éternel :
Il n'est point de paix pour l'impie.              *bis.*

De mon abime, ô Dieu clément !
Je vous adresse ma prière.
N'êtes-vous pas toujours mon père,
Et ne suis-je pas votre enfant ?
Hélas ! le lever de l'aurore
Aux pleurs trouve mes yeux ouverts,
Et la nuit couvre l'univers,
Que mon âme gémit encore.                         *bis.*

A peine a brillé ma raison,

Qu'à votre amour j'ai fait outrage :
J'ai dissipé votre héritage,
J'ai fui loin de votre maison;
Je n'ose demander la place
Ni prendre le rang de vos fils;
Parmi vos serviteurs admis,
A jamais je vous rendrai grâce.  *bis.*

Mais quelle voix!... qu'ai-je entendu!
« D'instruments que l'air retentisse!
« Que le ciel lui-même applaudisse!
« Mon fils, dites-vous, m'est rendu! »
Dieu! je vois mon père, il s'empresse;
L'amour précipite ses pas :
Il veut me serrer dans ses bras,
Baigné des pleurs de sa tendresse.  *bis.*

**Le pêcheur, confus d'avoir abusé de toutes les
grâces de Dieu, implore sa miséricorde.**

Punirez-vous, ô divine justice,
D'un fils ingrat les longs égarements?
Mon cœur, hélas! commence mon supplice,
Il est en proie aux remords déchirants.  *bis.*

Quand je reviens sur ma coupable vie,
Tout m'y paraît à punir, à pleurer.
J'ai donc perdu mon père et ma patrie :
Cruel malheur, rien ne peut l'égaler!  *bis.*

Comblé des dons de ce Dieu plein de charmes,
Tout envers lui provoquait mon amour;
Je fus ingrat; il me dit avec larmes :
« Quoi! tu me fuis! sera-ce sans retour?  *bis.*

« Depuis longtemps je pleure ton absence :
« Que t'ai-je fait? tu m'as ravi ton cœur.
« Fils bien aimé, reviens, et ma clémence
« Dans un moment oubliera ton erreur. »  *bis.*

A cette voix trop aimable et trop tendre,

Que répondis-je, insensible pécheur ?
Toujours, hélas ! différent à me rendre,
De votre amour j'accroissais la douleur.    *bis.*

En vain la croix me retraçait le gage
Et les doux fruits d'un amour tout-puissant :
D'un air distrait, indifférent, volage,
Je regardais ce signe attendrissant.    *bis.*

Ministres saints, pour moi pleins de tendresse,
Sur moi souvent je vous ai vus gémir ;
Avec bonté, vous me disiez sans cesse :
« Enfant chéri, pourquoi veux-tu périr ?    *bis.*

« Ecoute en nous autant d'amis fidèles :
« Dans notre sein accours te recueillir ;
« Viens dans nos bras, et les peines cruelles,
« Tes noirs remords, tu les verras finir.    *bis.*

« Objet si cher à notre ministère,
« Nous unirons nos soupirs et nos pleurs ;
« Nous calmerons du Juge la colère :
« Et son amour oubliera tes erreurs. »    *bis.*

Mais à ce zèle ardent, inexprimable,
Me dérobant avec empressement,
Plus, ô mon Dieu, vous vous montriez aimable,
Et moins pour vous je fus reconnaissant.    *bis.*

Punirez-vous, ô divine justice,
D'un fils ingrat les longs égarements ?
Mon cœur, hélas ! commence mon supplice,
Il est en proie aux remords déchirants.    *bis.*

### Le pécheur implore la miséricorde de Dieu.

Grâce, grâce ! suspends l'arrêt de tes vengeances,
Et détourne un moment tes regards irrités :
J'ai péché, mais je pleure ; oppose à mes offenses,
Oppose à leur grandeur celle de tes bontés.

Je sais tous mes forfaits, j'en connais l'étendue :
En tous lieux, à toute heure, ils parlent contre moi.

Par tant d'accusateurs mon âme confondue,
Ne prétend pas contre eux disputer devant toi.

Tu m'avais par la main conduit dès ma naissance,
Sur ma faiblesse en vain je voudrais m'excuser;
Tu m'avais, ô mon Dieu, donné la connaissance,
Mais, hélas! de tes dons, je n'ai fait qu'abuser.

De tant d'iniquités la foule m'environne:
Fils ingrat, cœur perfide, en proie à mes remords,
La terreur me saisit, je frémis, je frissonne;
Pâle et les yeux éteints, je descends chez les morts.

Ma voix sort du tombeau, c'est du fond de l'abîme,
Que j'élève vers toi mes douloureux accents;
Fais monter jusqu'au pied de ton trône sublime
Cette mourante voix et ces cris languissants.

O mon Dieu! quoi! ce nom je le prononce encore!
Non, non, je t'ai perdu, j'ai cessé de t'aimer;
O juge qu'en tremblant je supplie et j'adore!
Grand Dieu! d'un nom plus doux, je n'ose te nommer.

Dans les gémissements, l'amertume et les larmes,
Je repasse des jours perdus dans les plaisirs;
Et voilà tout le fruit de ces jours pleins de charmes:
Un souvenir affreux, la honte et les soupirs.

Ces soupirs devant toi sont ma seule défense:
Par eux un criminel espère t'attendrir.
N'as-tu pas un trésor de grâce et de clémence?
Dieu de miséricorde, il est temps de l'ouvrir.

Où fuir, où me cacher, tremblante créature,
Si tu viens en courroux pour compter avec moi?
Que dis-je? Etre infini, ta bonté me rassure,
Trop heureux de n'avoir à compter qu'avec toi.

Que l'homme soit pour l'homme un juge inexorable:
Où l'esclave aurait-il appris à pardonner?
C'est la gloire du maître: absoudre le coupable
N'appartient qu'à celui qui peut le condamner.

Tu le peux, mais souvent tu veux qu'il te désarme ;
Il te fait violence, il devient ton vainqueur :
Le combat n'est pas long, il ne faut qu'une larme ;
Que de crimes efface une larme du cœur !

### Sentiments de contrition.

Hélas !
Quelle douleur
Remplit mon cœur,
Fait couler mes larmes !
Hélas !
Quelle douleur
Remplit mon cœur
De crainte et d'horreur !
Autrefois,
Seigneur, sans alarmes,
De tes lois
Je goûtais les charmes :
Hélas !
Vœux superflus,
Beaux jours perdus,
Vous ne serez plus !...

La mort
Déjà me suit ;
O triste nuit !
Déjà je succombe :
La mort
Déjà me suit ;
Le monde fuit,
Tout s'évanouit.
Je la vois
Entr'ouvrant ma tombe,
Et sa voix
M'appelle, et j'y tombe.
O mort !
Cruelle mort !

Si jeune encor...
Quel funeste sort !
Frémis,
Ingrat pécheur !
Un Dieu vengeur
D'un regard sévère,
Frémis,
Ingrat pécheur,
Un Dieu vengeur
Va sonder ton cœur.
Malheureux !
Entends son tonnerre ;
Si tu peux,
Soutiens sa colère.
Frémis,
Seul aujourd'hui,
Sans nul appui,
Parais devant lui.

Grand Dieu !
Quel jour affreux
Luit à mes yeux !
Quel horrible abîme !
Grand Dieu !
Quel jour affreux
Luit à mes yeux !
Quels lugubres feux !
Oui, l'enfer,
Vengeur de mon crime,
Est ouvert,
Attend sa victime.

Grand Dieu !
Quel avenir !
Pleurer, gémir,
Toujours te haïr !

Beau ciel !
Je t'ai perdu,
Je t'ai vendu
Par de vains caprices.
Beau ciel,
Je t'ai perdu,
Je t'ai vendu ;
Regret superflu :
Loin de toi,
Toutes les délices
Sont pour moi
De nouveaux supplices.
Beau ciel,
Toi que j'aimais,

Qui me charmais,
Ne te voir jamais !...

O vous,
Enfants pieux,
Toujours joyeux,
Et pleins d'espérance !
O vous,
Enfants pieux,
Toujours joyeux,
Moi seul malheureux !
J'ai voulu
Sortir de l'enfance ;
J'ai perdu
L'aimable innocence.
O vous
Du ciel un jour
Heureuse cour !
Adieu sans retour.

### Le pécheur implore la miséricorde de Dieu.

A vos pieds, Dieu que j'adore,
Ramené par mes malheurs,
Vous voyez que je déplore
Mes écarts et mes erreurs.
    Seigneur ! Seigneur !
Daignez recevoir encore          } bis.
Dans vos bras un fils pécheur.

Si mon crime, qui vous blesse,
Excite votre courroux,
Que la douleur qui m'oppresse
De moi détourne vos coups.
    Seigneur ! Seigneur !
J'implore votre tendresse,          } bis.
Contre votre bras vengeur.

Je péris sans votre grâce,
Daignez donc me secourir ;

Seul, j'ai causé ma disgrâce,
Seul, je ne puis revenir.
   Seigneur ! Seigneur !
L'espoir enfin a fait place           }    *bis.*
A ma trop juste frayeur.

Mes soupirs sont votre ouvrage ;
Puisse mon cœur malheureux
Vous venger de mon outrage
Et de mes coupables feux !
   Seigneur ! Seigneur !
Que mon cœur longtemps volage      }    *bis.*
N'aime plus que sa douleur.

### Pardon, mon Dieu.

Mon Dieu, mon cœur, touché
   D'avoir péché,
   Demande grâce ;
Joignez à vos bienfaits
L'oubli de mes forfaits ;
Je n'ose plus du ciel contempler la surface.
Pardon ! mon Dieu, pardon ! mon Dieu, pardon !
Mon Dieu, pardon ! vous êtes un Dieu bon.    *bis.*

Ah ! pouvant expirer
   Sans implorer
   Votre clémence,
J'allais traîner mes fers
Dans le fond des enfers :
N'exercez pas, mon Dieu, votre juste vengeance.
Pardon ! etc.

Vous me disiez souvent :
   Viens, mon enfant,
   Ma voix t'appelle.
J'allais à mes plaisirs,
   Au gré de mes désirs ;
Et depuis si longtemps vous souffrez un rebelle !
Pardon ! etc.

### Le pêcheur sincèrement converti,

Seigneur, Dieu de clémence,
Reçois ce grand pécheur,
A qui la pénitence
Touche aujourd'hui le cœur :
Vois d'un œil secourable
L'excès de son malheur,
Et d'un cœur favorable
Accepte sa douleur.

Je suis un infidèle
Qui méconnut les lois,
Un perfide, un rebelle,
Qui péchai mille fois :
Jamais dans l'innocence,
Je n'ai coulé mes jours,
Toujours plus d'une offense
En a terni le cours.

Chargé de mille crimes,
Souvent j'ai mérité
D'entrer dans les abimes
Pour une éternité :
J'ai peu craint la colère
De ton bras irrité ;
Mais cependant j'espère,
Seigneur, en ta bonté.

Lorsqu'à ton indulgence
Un coupable a recours,
Des traits de la vengeance
Ton cœur suspend le cours.
Rempli de confiance,
J'ose venir à toi :
Au nom de la clémence,
Grand Dieu ! pardonne-moi.

Hélas ! quand je rappelle
Combien je fus pécheur,

Une douleur mortelle
S'empare de mon cœur.
Par quel malheur extrême
Ai-je offensé souvent
Un Dieu, la bonté même,
Un Dieu si bienfaisant?

Fuis loin, péché funeste,
Dont je fus trop charmé;
Péché, je te déteste
Autant que je t'aimai.
O Dieu bon! ô bon Père!
Tu vois mon repentir :
Avant de te déplaire,
Plutôt, plutôt mourir.

C'est fait, je le déteste,
Plus de péché pour moi :
Le Ciel, que j'en atteste,
Garantira ma foi.
Le Dieu qui me pardonne,
Aura tout mon amour;
A lui seul je le donne
Sans délai, sans retour.

### La conversion du pécheur.

C'en est donc fait; adieu, plaisirs volages
Qui n'avez pu jamais me rendre heureux :
Vous n'aurez plus mon cœur et mes hommages,
Vous n'aurez plus le tribut de mes vœux.

Je l'ai trouvé, ce Dieu si plein de charmes,
Ce Dieu qui seul peut conduire au bonheur ;
Il tarira la source de mes larmes,
Il saura bien consoler ma douleur.

Que pouvais-tu me présenter d'aimable
Près de l'unique et divine beauté?
Que pouvais-tu, monde si méprisable,
Que pouvais-tu pour ma félicité?

De vous, mon père, ô père le plus tendre!
De vous, Jésus, le plus doux des amis,
De vous je veux maintenant tout attendre;
J'attends le ciel : vous me l'avez promis.

Tu me promis de flatteuses largesses,
Ami perfide, ô monde séducteur!
Mais tu mentais : au lieu de tes promesses
Je n'ai reçu de toi que le malheur.

O mon Sauveur! cher objet de ma flamme,
Vos purs attraits ont captivé mon cœur;
Des plus doux feux vous pénétrez mon âme,
Régnez sur moi : votre amour est vainqueur!

Trois fois heureux celui qui sait vous plaire!
Il goûte en vous les plaisirs les plus doux.
Oh! quel bonheur d'aimer un si bon Père!
C'est notre Dieu, notre ami, notre époux.

Vive Jésus, notre unique espérance!
Consacrons-lui nos plus chers sentiments;
Seul du salut il donne l'assurance,
Brûlons pour lui des feux les plus ardents.

### Cantique pour la rénovation des vœux du baptême.

Quand l'eau sainte du baptême
Coula sur nos fronts naissants.
Et qu'un Dieu la bonté même,
Nous adopta pour enfants,
   Muets encore,
D'autres promirent pour nous :
Aujourd'hui confessons tous
La foi dont un chrétien s'honore.
   Foi de nos pères,
Notre règle et notre amour,
Nous embrassons dans ce jour,
Et la morale et les mystères.

En vain à ma foi soumise

S'oppose un orgueil trompeur :
Sur les traces de l'Eglise
Puis-je marcher dans l'erreur ?
    Trinité sainte,
Je vous confesse et vous crois ;
Je vous adore trois fois.
Et plein d'amour et plein de crainte.        Foi.

Annoncé par mille oracles,
Et de la terre l'espoir,
L'Homme-Dieu par ses miracles
Fait éclater son pouvoir ;
    Victime pure,
Triomphe du trépas ;
Et je n'adorerais pas
En lui l'auteur de la nature !        Foi.

Par un funeste héritage,
Nos parents, avec le jour,
Nous transmirent en partage
La haine d'un Dieu d'amour.
    J'implore et crie :
Je répands en vain des pleurs.
Mais Jésus a dit : Je meurs,
Et sa mort me rend à la vie.        Foi.

Ciel ! quelle robe éclatante !
Quel bain pur et bienfaisant !
Quelle parole puissante
D'un Dieu m'a rendu l'enfant !
    Je te baptise.....
Le ciel s'ouvre, plus d'enfer,
Et des anges le concert
M'introduit au sein de l'Eglise.        Foi.

De quel œil de complaisance
Vous me vîtes, ô mon Dieu,
Quand, revêtu d'innocence,
On m'emporta du saint lieu !

B 3

Pensée amère !
O beau jour trop tôt passé !
Hélas ! je me suis lassé,
Mon Dieu, de vous avoir pour père.      Foi.

Loin de ces plaisirs coupables
Dont s'enivre le pécheur,
Sous vos pavillons aimables,
J'irai jouir du bonheur :
        Avant l'aurore,
Mon cœur vous appellera ;
Et quand le jour finira,
Mes chants vous béniront encore.      Foi.

### Cantique après le renouvellement des vœux du baptême.

J'engageai ma promesse au baptême,
Mais pour moi d'autres firent serment ;
Dans ce jour je vais parler moi-même,
Je m'engage aujourd'hui librement.      *bis.*

Je reconnais en un Dieu trois personnes ;
Dieu l'a dit, et je lui dois ma foi :
Faible esprit, vainement tu raisonnes ;
Je m'engage à le croire, et je crois.      *bis.*

A la foi de ce premier mystère
Je joindrai la foi d'un Dieu sauveur ;
Sous les lois de l'Eglise, ma mère,
Je m'engage et d'esprit et de cœur.      *bis.*

Sur les fonts, dans cette eau salutaire,
Pour enfant Dieu daigna m'adopter ;
Si j'en ai souillé le caractère,
Je m'engage à le mieux respecter.      *bis.*

Je renonce aux pompes de ce monde,
A la chair, à tous ses vains attraits ;
Loin de moi, Satan, esprit immonde,
Je m'engage à te fuir pour jamais.      *bis.*

Faux plaisirs, source infâme de vices,
Trop longtemps vous fûtes mon amour;
Je renonce à vos fausses délices,
Je m'engage à Dieu seul sans retour. *bis.*

Oui, mon Dieu, votre seul Evangile
Réglera mon esprit et mes mœurs;
Dussiez-vous en gémir, chair fragile,
Je m'engage à toutes ses rigueurs. *bis.*

Ah! Seigneur, qui sait bien vous connaître
Sent bientôt que votre joug est doux.
C'en est fait, je n'ai point d'autre maître:
Je m'engage à ne servir que vous. *bis.*

Sur vos pas, ô mon divin modèle,
Plus heureux qu'à la suite des rois,
Plein d'horreur pour ce monde infidèle,
Je m'engage à porter votre croix. *bis.*

Dans le ciel, d'un moment de souffrance,
Vous serez, Seigneur, le prix un jour.
Animé par cette récompense,
Je m'engage à tout pour votre amour. *bis.*

## Noël.

Venez, divin Messie,
Sauvez nos jours infortunés;
Venez, source de vie,
Venez, venez, venez.

Ah! descendez, hâtez vos pas,
Sauvez les hommes du trépas,
Secourez-nous, ne tardez pas. **Venez.**

Ah! désarmez votre courroux;
Nous soupirons à vos genoux;
Seigneur, nous n'espérons qu'en vous
Pour nous livrer la guerre,
Tous les enfers sont déchaînés;
Descendez sur la terre. **Venez.**

Que nous souffrons de maux divers!
L'affreux démon nous tient aux fers,
Il veut nous conduire aux enfers!
   Vous voyez l'esclavage
Où vos enfants sont condamnés,
   Conservez votre ouvrage.        Venez.

Eclairez-nous, divin flambeau ;
Parmi les ombres du tombeau,
Faites briller un jour nouveau.
   Au plus cruel supplice
Nous auriez-vous abandonnés ?
   Ah ! soyez-nous propice.        Venez.

Que nos soupirs soient entendus,
Les biens que nous avons perdus
Ne nous seront-ils point rendus?
   Voyez couler nos larmes,
Grand Dieu ! si vous nous pardonnez,
   Nous n'avons plus d'alarmes.      Venez.

Si vous venez en ces bas lieux,
Nous vous verrons, victorieux,
Fermer l'enfer, ouvrir les cieux.
   Nous l'espérons sans cesse.
Les cieux nous furent destinés ;
   Tenez votre promesse.       Venez.

Ah ! puissions-nous chanter un jour
Dans votre bienheureuse cour
Et votre gloire et votre amour !
   C'est là l'heureux partage
De ceux que vous prédestinez ;
   Donnez-nous-en le gage.       Venez.

### Sur l'eucharistie.

Par les chants les plus magnifiques,
Sion, célèbre ton Sauveur;
Exalte dans tes saints cantiques
Ton Dieu, ton chef et ton pasteur;

Redouble aujourd'hui, pour lui plaire,
Ton amour, les soins empressés :
Jamais tu n'en pourras trop faire,
Tu n'en feras jamais assez.                              *bis.*
Ouvre ton cœur à l'allégresse,
A l'ardeur des plus vifs transports,
Lorsque son immense largesse
T'ouvre elle-même ses trésors :
Près de consommer son ouvrage,
Il consacra son dernier jour
A te laisser ce tendre gage,
Ce souvenir de son amour.                               *bis.*

Offert sur la table mystique,
L'agneau de la nouvelle loi
Mit un terme à la Pâque antique
Qui figurait le nouveau roi.
La vérité succède à l'ombre,
La vieille loi s'évanouit ;
La clarté chasse la nuit sombre,
Et la loi de grâce nous luit,                            *bis.*

Jésus de son amour extrême
Veut éterniser le bienfait :
Ce que d'abord il fit lui-même,
Le prêtre à son ordre le fait ;
Il change, ô prodige admirable
Qui fait l'étonnement des cieux !
Le pain en son corps adorable,
Le vin en son sang précieux.                            *bis.*

L'œil se méprend, l'esprit chancelle :
Il cherche d'un Dieu la splendeur ;
Mais toujours ferme, un vrai fidèle
Sans hésiter voit son Seigneur ;
Son sang pour nous est un breuvage,
Sa chair devient un aliment :
Les espèces sont le nuage
Qui nous cache ce grand présent.                        *bis.*

B 4

On voit le juste et le coupable
S'approcher du banquet divin,
Se ranger à la même table,
Prendre place au même festin ;
Chacun reçoit la même hostie :
Mais qu'ils diffèrent dans leur sort !
Le juste tremble et boit la vie ;
L'impie affronte et boit la mort.          *bis.*

Ce fils, sous la main paternelle,
Près de se voir percer le flanc,
Cette victime solennelle
Dont l'Hébreu vit couler le sang.
La manne, au goût délicieuse,
Qui tous les jours tombait des cieux,
Sont la figure précieuse
Du prodige offert à nos yeux.          *bis.*

Je te salue, ô pain de vie !
Ah ! viens soutenir ma langueur !
Les anges me portent envie
Et s'étonnent de mon bonheur.
Mets des élus, divine manne,
Pain céleste, objet de mes chants,
Loin de toi la bouche profane :
Dieu te réserve à ses enfants.          *bis.*

Aux besoins de notre misère
Jésus se livre entièrement :
Dans la crèche il est notre frère,
Et sur l'autel notre aliment ;
Quand il mourut sur le Calvaire,
Il fut la rançon du pécheur ;
Triomphant dans son sanctuaire,
Il est du juste le bonheur.          *bis.*

Honneur, amour, louange et gloire
Te soient rendus, ô bon Pasteur !
Vis à jamais dans ma mémoire,
Sois toujours présent à mon cœur.

O pain des forts! par ta puissance
Soulage mon infirmité;
Fais qu'engraissé de ta substance
Je règne dans l'éternité.                    *bis.*

### Le matin de la communion.

Mon bien-aimé ne paraît pas encore :
Trop longue nuit, dureras-tu toujours?
    Nuit que j'abhorre,
    Hâte ton cours !
Venez, Jésus, ma joie et mes amours :
Pour être heureux je n'attends que l'aurore.

De ton flambeau déjà les étincelles,
Astre du jour, raniment mes désirs;
    Tu renouvelles
    Tous mes soupirs.
Servez mes vœux, avancez mes plaisirs,
Anges du ciel, portez-moi sur vos ailes.

Je t'aperçois, asile redoutable
Où l'Éternel descend de sa grandeur,
    Temple adorable
    Du Rédempteur :
Si dans tes murs il voile sa splendeur,
Ce Dieu d'amour n'en est que plus aimable.

Sans nul éclat le vrai Dieu va paraître :
De cet autel il vient s'unir à moi.
    Est-ce mon maître?
    Est-ce mon roi?
Laissez, mes yeux, laissez agir ma foi ;
Un œil chrétien ne peut le méconnaître.

Du roi des rois je suis le tabernacle :
Oui, de mon âme un Dieu devient l'époux.
    Charmant spectacle,
    Espoir trop doux !
Rendez, grand Dieu, mon cœur digne de vous.
Votre amour seul peut faire ce miracle.

Je m'attendris sans trouble et sans alarmes ;
Amour divin, je ressens vos langueurs.
  Heureuses larmes,
   Aimables pleurs,
Oh ! que mon cœur y trouve de douceurs !
Tous vos plaisirs, mondains, ont-ils ces charmes?

Tristes penchants, malheureux fruits du crime,
C'est vous qu'il veut que j'immole à son choix :
  Ce Dieu m'anime,
   Suivons ses lois.
Parlez, Seigneur, j'écoute votre voix :
Mon cœur est prêt, nommez-lui la victime.

Ce pain des forts soutiendra mon courage :
Venez, démons, de mon bonheur jaloux ;
  Que votre rage
   Vous arme tous !
Je ne crains point vos plus terribles coups :
De ma victoire un Dieu devient le gage.

Il me remplit d'une douce espérance,
Qui me suivra plus loin que le trépas,
  Si sa puissance
   Soutient mon bras.
C'est peu pour lui d'animer mes combats,
Il veut encore être ma récompense.

Pour un pécheur que sa tendresse est grande !
Qu'elle mérite un généreux retour !
  Dieu ! quelle offrande !
   Pour tant d'amour,
Prenez mon cœur, je vous l'offre en ce jour ;
Ce cœur suffit, c'est tout ce qu'il demande.
        FÉNELON.

## Bonheur de la communion fervente.

L'encens divin embaume cet asile :
Quel doux concert ! quel chant mélodieux !

Mon cœur se tait et mon âme est tranquille;
La paix du ciel habite dans ces lieux.
     O pain de vie!
     O mon Sauveur!
     L'âme ravie
  Trouve en vous son bonheur.

D'un sommeil pur, versé sur ma paupière,
Le calme heureux s'empare de mes sens :
Du jour sans nuit j'entrevois la lumière;
Non, je ne puis dire ce que je sens.      O pain.

Je vous adore au dedans de moi-même;
Je vous contemple à l'ombre de la foi;
O Dieu! mon tout, ô majesté suprême!
Je ne vis plus, mais Jésus vit en moi.      O pain.

O saints transports! vive et douce allégresse!
Chastes ardeurs, divins embrassements,
O plaisirs purs! délicieuse ivresse!
Mon cœur se perd dans vos ravissements.      O pain.

Que vous rendrai-je, ô Sauveur plein de charmes,
Pour tous les dons que j'ai reçus de vous?
Prenez mon cœur et recueillez mes larmes,
Double tribut dont vous êtes jaloux.      O pain.

Vous qui trouvez vos plus chères délices
Parmi les lis des cœurs purs et fervents,
Mon bien-aimé, je mets sous vos auspices
Mes saints projets et mes vœux innocents.      O pain.

Je l'ai juré, je vous serai fidèle,
Je vous promets un éternel amour;
Tant qu'à la nuit une aurore nouvelle
Succédera pour ramener le jour.      O pain

Ah! que ma langue immobile et glacée,
Au même instant s'attache à mon palais,
Si de mon cœur s'effaçait la pensée
De votre amour comme de vos bienfaits.      O pain.

## Cantique en l'honneur du saint sacrement.

Dans ce profond mystère
Où la foi sait vous voir,
Tout en nous vous révère
Et fixe notre espoir.
A la fin de la vie,
Divine eucharistie,
Nourris du pain de votre amour,
Dans la cité chérie,
Nous nous verrons un jour.
Puisse notre tendresse
Puiser dans votre cœur,
La sublime sagesse
Qui mène au vrai bonheur !          A la fin.

Que tout en nous s'unisse
Pour chanter vos bienfaits,
Que votre main bénisse
Nos vœux et nos souhaits.          A la fin.

Sur nous daignez répandre
Vos bénédictions,
Et faites-nous comprendre
La grandeur de vos dons.          A la fin.

## Cantique en l'honneur du saint sacrement.

O Roi des cieux !
Vous nous rendez tous heureux ;
Vous comblez tous nos vœux
En résidant pour nous dans ces lieux.

Prodige d'amour !
Dans ce séjour
Vous vous immolez pour nous chaque jour ;
A l'homme mortel
Vous offrez un aliment éternel.          O Roi.

Seigneur, vos enfants
Reconnaissants

Vous offrent les plus tendres sentiments;
  Leurs cœurs sans retour
Veulent brûler du feu de votre amour.  O Roi.

  Chantons tous en chœur
    Louange, honneur
A Jésus, notre aimable Rédempteur!
  Chantons à jamais
De son amour les éternels bienfaits.  O Roi.

## Cantique après la communion.

Qu'ils sont aimés, grand Dieu, vos tabernacles!
Qu'ils sont aimés et chéris de mon cœur!
Là, mon oreille écoute vos oracles;
La foi triomphe et l'amour est vainqueur.

Qu'il est heureux celui qui vous contemple,
Et qui soupire aux pieds de vos autels!
Un seul moment qu'on passe en votre temple
Vaut mieux qu'un siècle au palais des mortels.

Je nage au sein des plus pures délices;
Le ciel entier, le ciel est dans mon cœur.
Dieu de bonté, de faibles sacrifices
Méritaient-ils cet excès de bonheur?

En les comblant par un charme suprême,
Un Dieu puissant irrite mes désirs:
Il me consume et je sens que je l'aime,
Et près de lui je m'exhale en soupirs!

Autour de moi les anges en silence
D'un Dieu caché contemplent la splendeur:
Anéantis en sa sainte présence,
O chérubins, enviez mon bonheur!

Et je pourrais à ce monde qui passe
Donner un cœur par Dieu même habité?
Non, je puis tout, mon Dieu, par votre grâce:
Dieu, sauvez-moi de ma fragilité.

En souverain, régnez seul dans mon âme,
Subjuguez-la par le droit de l'amour.
Des passions éteignez-y la flamme,
Et qu'à vous seul je vive sans retour.

### Cantique pendant la messe d'actions de grâces.

Chantons en ce jour
Jésus et sa tendresse extrême ;
Chantons en ce jour
Et ses bienfaits et son amour.
Il a daigné lui-même
Descendre dans nos cœurs ;
De ce bonheur suprême
Célébrons les douceurs.          Chantons.

O Dieu de grandeur !
Plein de respect, je vous révère,
O Dieu de grandeur !
J'adore en vous mon Seigneur.
Dans ce profond mystère
Vous éprouvez ma foi ;
Mais l'amour qui m'éclaire
Vous manifeste à moi.          O Dieu.

Mon divin époux,
Mon âme à vous seul s'abandonne ;
Mon divin époux,
Mon âme n'a d'espoir qu'en vous.
Que l'enfer gronde et tonne,
Qu'il s'arme de fureur ;
Il n'a rien qui m'étonne :
Jésus est dans mon cœur.          Mon divin.

Aimons le Seigneur,
Ne cherchons jamais qu'à lui plaire.
Aimons le Seigneur,
Il fera seul notre bonheur.
Ami le plus sincère,
Généreux bienfaiteur,

Il est plus, il est père :
Donnons-lui notre cœur.    Aimons.

Pour tous vos bienfaits,
Que vous offrir, ô divin maître !
Pour tous vos bienfaits,
Je me donne à vous pour jamais.
En moi je sentis naître
Les transports les plus doux,
Quand je pus vous connaître
Et m'attacher à vous.    Pour tous.

O Dieu tout-puissant,
Votre divine providence,
O Dieu tout-puissant,
Sera l'appui de votre enfant.
Vous seul de ma jeunesse
Pouvez guider les pas :
Soutenez ma faiblesse,
Couronnez mes combats.    O Dieu.

## Invocation au Saint-Esprit.

Esprit-Saint, descendez en nous ;
Embrasez notre cœur de vos feux les plus doux.
Sans vous, notre vaine prudence
Ne peut, hélas ! que s'égarer.
Ah ! dissipez notre ignorance :    *bis.*
Esprit d'intelligence,
Venez nous éclairer.    Esprit-Saint.

Le noir enfer, pour nous faire la guerre,
Se réunit au monde séducteur ;
Tout est pour nous embûches sur la terre ;
Soyez notre libérateur.    Esprit-Saint.

Enseignez-nous la divine sagesse ;
Seule elle peut nous conduire au bonheur :
Dans ses sentiers qu'heureuse est la jeunesse !
Qu'heureuse est la vieillesse !    Esprit-Saint.

### Invocation au Saint-Esprit.

Esprit-Saint, Dieu de lumière,
O vous, que nous invoquons,
Venez des cieux sur la terre ;
Comblez-nous de tous vos dons.

Accordez-nous cette sagesse
Qui ne cherche que le Seigneur ;
Que notre étude soit sans cesse
De lui consacrer notre cœur.

Donnez-nous cette intelligence,
Ce don qui fait connaître au cœur
De la foi toute l'excellence,
Et du crime toute l'horreur.

De vos conseils que la lumière
Dissipe nos illusions ;
Qu'elle nous guide et nous éclaire
Au milieu des tentations.

Venez, inspirez-nous la force
D'aimer Dieu, d'observer sa loi ;
Et qu'en vain le monde s'efforce
D'éteindre dans nos cœurs la foi.

Enseignez-nous cette science,
L'art divin qui fait les vertus ;
Répandez sur nous l'abondance
Du don qui forme les élus.

Qu'une piété vive et pure
Nous anime dans ce saint jour ;
Qu'à son feu notre âme s'épure,
Et pour vous s'embrase d'amour.

Inspirez-nous de Dieu la crainte
De ses terribles jugements,
Que sa justice, sa loi sainte
Pénètrent nos cœurs et nos sens.

**Les chrétiens, pleins de l'Esprit-Saint, célèbrent ses dons et lui promettent une éternelle fidélité.**

Quelle nouvelle et sainte ardeur
En ce jour transporte mon âme !
Je sens que l'Esprit créateur
De son feu tout divin m'enflamme.
Vive Jésus ! je crois, je suis chrétien ;
    Censeurs, je vous méprise :
Lancez, lancez vos traits, je ne crains rien,
    Mon bras vainqueur les brise.

Il faut, dans un noble combat,
Pour vous, Seigneur, que je m'engage ;
Vous m'avez fait votre soldat,
Vous m'en donnerez le courage.      Vive Jésus !

Du salut le signe sacré
Arme mon front pour ma défense ;
Devant lui l'enfer conjuré
Perdra sa funeste puissance.      Vive Jésus !

Seigneur, à vos aimables lois
Le grand nombre serait rebelle,
Que mon cœur, constant dans son choix,
Y serait encor plus fidèle.      Vive Jésus !

Le mépris d'un monde insensé
Pourrait-il m'alarmer encore ?
Loin de m'en trouver offensé,
Je sens aujourd'hui qu'il m'honore. Vive Jésus !

Dans sa fureur, l'impiété
Veut me ravir le bien que j'aime :
Je veux, fort de la vérité,
Lui dire toujours anathème.      Vive Jésus !

On a vu de faibles enfants
Triompher de l'aveugle rage
Et des bourreaux et des tyrans :
Faible comme eux, Dieu m'encourage.      Vive.

Frère des généreux martyrs,
Puissé-je égaler leur constance,
Et trouver mes plus doux plaisirs
Au sein même de la souffrance !     Vive Jésus

A la mort fallût-il s'offrir,
Ou perdre, hélas ! mon innocence,
Grand Dieu ! je consens à mourir :
Ne souffrez pas que je balance.     Vive Jésus

### Sur le respect humain.

Bravons les enfers,
Brisons tous nos fers,
Sortons de l'esclavage :
Unissons nos voix,
Rendons à la croix
Un sincère et public hommage.

Jurons haîne au respect humain,
Brisons cette idole fragile :
Sur ses débris que notre main
Elève un trône à l'Evangile.              Bravons

Partout flottent les étendards
Qu'arbore à nos yeux la licence :
Faisons briller à ses regards
La bannière de l'innocence.              Bravons

Tandis que sur le champ d'honneur
La valeur signale les braves,
On me verrait, lâche et sans cœur,
Traînant les chaînes des esclaves !  Bravons

Quoi ! vous rougissez, vils mortels,
Honteux d'être vus dans un temple,
Adorant au pied des autels
Le grand Dieu que le ciel contemple!  Bravons

Ne profanez point ce saint lieu ;
Allez, chrétiens pusillanimes ;

Qui tremble trahira son Dieu :
La faiblesse est mère des crimes.     Bravons.

Venez, indignes apostats,
Qui rougissiez de votre maître ;
En punissant vos attentats,
Il va se faire reconnaître.     Bravons.

Esclaves du respect humain,
Allez dans le fond des abîmes ;
Allez, maudits ! sachez enfin
Quel fut le plus grand de vos crimes.     Bravons.

Seigneur, votre sang est le mien :
Tant qu'il coulera dans mes veines
Quelques gouttes du sang chrétien,
Monde, tes menaces sont vaines.     Bravons.

Divin roi, jusqu'à mon trépas
Mon cœur vous restera fidèle :
Puisse la croix, guidant mes pas,
Me voir tomber, mourir près d'elle !     Bravons.

**Intrépidité du chrétien, devenu, par la confirmation, soldat de Jésus-Christ.**

Le monde en vain, par ses biens et ses charmes,
Veut m'engager à plier sous sa loi ;
Mais pour me vaincre il faut bien d'autres armes ;
Je ne crains rien, mon Dieu combat pour moi. *bis.*

Venez, venez, fiers enfants de la terre,
Déchaînez-vous pour me remplir d'effroi.
Quand de concert vous me feriez la guerre,
Je ne crains rien, mon Dieu combat pour moi. *bis.*

Cruel Satan, arme-toi de ta rage,
Que les démons se liguent avec toi :
Tu ne pourras abattre mon courage ;
Je ne crains rien, mon Dieu combat pour moi. *bis.*

Non, non, jamais la mort la plus cruelle

Ne me fera trahir ce divin roi ;
Jusqu'au trépas je lui serai fidèle :
Je ne crains rien, mon Dieu combat pour moi. *bis.*

Que les enfers, les airs, la terre et l'onde
Conspirent tous à me remplir d'effroi :
Quand je verrais sur moi crouler le monde,
Je ne crains rien, mon Dieu combat pour moi. *bis.*

Divin Esprit, mon unique espérance,
Vous pouvez tout, oui, Seigneur, je le crois !
Augmentez donc pour vous ma confiance :
Je ne crains rien, mon Dieu combat pour moi. *bis.*

### Triomphe de la croix.

Vive Jésus ! vive sa croix !
N'est-il pas bien juste qu'on l'aime,
Puisqu'en expirant sur ce bois,
Il nous aima plus que lui-même !
Chrétiens, chantons à haute voix :
Vive Jésus ! vive sa croix !

Vive Jésus ! vive sa croix !
Le Seigneur l'ayant épousée,
Elle n'est plus, comme autrefois,
Un objet d'horreur, de risée.　　　Chrétiens.

Vive Jésus ! vive sa croix !
Arbre dont le fruit salutaire
Répare le mal qu'autrefois
Fit le péché du premier père.　　　Chrétiens.

Vive Jésus ! vive sa croix !
C'est l'étendard de sa victoire,
Par elle il nous donna ses lois,
Par elle il entra dans sa gloire.　　　Chrétiens.

Vive Jésus ! vive sa croix !
De tous nos biens source féconde,
Qui, dans le sang du roi des rois,
A lavé les péchés du monde.　　　Chrétiens.

Vive Jésus ! vive sa croix !
La chaire de son éloquence,
Où, me prêchant ce que je crois,
Il m'apprend tout par son silence.　Chrétiens.

Vive Jésus ! vive sa croix !
Ce n'est pas le bois que j'adore ;
Mais c'est mon Sauveur sur ce bois
Que je révère et que j'implore.　Chrétiens.

Vive Jésus ! vive sa croix !
Prenons-la pour notre partage ;
Ce juste, cet aimable choix
Conduit au céleste héritage.　Chrétiens.

### Sur le triomphe de la croix.

Célébrons la victoire
D'un Dieu mort sur la croix,
Et pour chanter sa gloire
Réunissons nos voix :
Du vainqueur des enfers célébrons la victoire ;
Réunissons nos cœurs, réunissons nos voix ;
Chantons avec transport son triomphe et sa gloire,
Chantons vive Jésus ! vive, vive sa croix !　*bis.*

Sa croix, heureux symbole
De son amour pour nous,
Jadis du Capitole
Chassa les dieux jaloux :
Alors dans l'esclavage
L'homme à d'infâmes dieux
Payait par son hommage
Le droit d'être comme eux.　Du vainqueur.

Mais tel qu'après l'orage
Le soleil radieux
Dissipe le nuage
Rend leur éclat aux cieux.
Tel le Dieu que j'adore
Trop longtemps ignoré,

Du couchant à l'aurore
Voit son nom adoré.　　　Du vainqueur

La croix, heureux asile
De l'univers soumis,
Brave l'orgueil stérile
De ses fiers ennemis ;
On s'empresse à lui rendre
Des hommages parfaits ;
Sa gloire va s'étendre
Autant que ses bienfaits.　Du vainqueur

Quel éclat l'environne !
Elle voit à ses pieds
Le sceptre et la couronne
Des rois humiliés.
Rome cherche à lui plaire,
Tout suit ses étendards,
Et le Dieu du Calvaire
Est le Dieu des Césars.　　Du vainqueur

M. Petetot.

### Chemin de la croix.

Au sang qu'un Dieu va répandre,
Ah ! mêlez du moins vos pleurs,
Chrétiens, qui venez entendre
Le récit de ses douleurs.
Puisque c'est pour vos offenses
Que ce Dieu souffre aujourd'hui,
Animés par ses souffrances,
Vivez et mourez pour lui.

Dans un jardin solitaire
Il sent de rudes combats :
Il prie, il craint, il espère ;
Son cœur veut et ne veut pas.
Tantôt la crainte est plus forte,
Et tantôt l'amour plus fort ;

Mais enfin l'amour l'emporte,
Et lui fait choisir la mort.

Judas, que la fureur guide,
L'aborde d'un air soumis ;
Il l'embrasse, et ce perfide
Le livre à ses ennemis.
Judas, un pécheur l'imite,
Et, feignant de l'apaiser,
Souvent sa bouche hypocrite
Le trahit par un baiser.

On l'abandonne à la rage
De cent soldats inhumains ;
Sur son auguste visage
Des valets portent leurs mains.
Vous deviez, anges fidèles,
Témoins de ces attentats,
Ou le mettre sous vos ailes,
Ou foudroyer ces ingrats.

Ils le traînent au grand-prêtre,
Qui seconde leur fureur,
Et ne veut le reconnaître
Que pour un blasphémateur.
Quand il jugera la terre,
Ce Sauveur aura son tour :
Aux éclats de son tonnerre
Vous le connaîtrez un jour.

Tandis qu'il se sacrifie,
Tout conspire à l'outrager.
Pierre lui-même l'oublie,
Et le traite d'étranger ;
Mais Jésus perce son âme
D'un regard tendre et vainqueur
Et met d'un seul trait de flamme
Le repentir dans son cœur.

Chez Pilate on le compare

Au dernier des scélérats.
Qu'entends-je ? ô peuple barbare !
Tu demandes Barabbas !
Quelle indigne préférence !
Le juste est abandonné ;
On condamne l'innocence,
Et le crime est pardonné.

On le dépouille, on l'attache,
Chacun arme son courroux.
Je vois cet agneau sans tache
Tombant presque sous les coups.
C'est à nous d'être victimes
Arrêtez, cruels bourreaux !
C'est pour effacer vos crimes
Que son sang coule à grands flots.

Une couronne cruelle
Perce son auguste front ;
A ce chef, à ce modèle,
Mondains, vous faites affront.
Il languit dans les supplices,
C'est un homme de douleurs :
Vous vivez dans les délices,
Vous vous couronnez de fleurs.

Il marche, il monte au Calvaire,
Chargé d'un infâme bois :
De là, comme d'une chaire,
Il fait entendre sa voix :
« Ciel, dérobe à la vengeance
« Ceux qui m'osent outrager ! »
C'est ainsi, quand on l'offense,
Qu'un chrétien doit se venger.

Une troupe déchaînée
L'insulte et crie à l'envie ;
Qu'il change sa destinée,
Et nous croirons tous en lui.

Il peut la changer sans peine,
Malgré vos nœuds et vos clous,
Mais le lien qui seul l'enchaîne,
C'est l'amour qu'il a pour nous.

Ah ! de ce lit de souffrance,
Seigneur, ne descendez pas ;
Suspendez votre puissance,
Restez-y jusqu'au trépas.
Mais tenez votre promesse,
Attirez-nous près de vous ;
Pour prix de votre tendresse,
Puissions-nous y mourir tous !

Il expire, et la nature
Dans lui pleure son auteur ;
Il n'est point de créature
Qui ne marque sa douleur.
Un spectacle si terrible
Ne pourra-t-il me toucher ?
Et serai-je moins sensible
Que n'est le plus dur rocher ?          FÉNELON.

## Sur la passion de Notre-Seigneur Jésus-Christ.

Est-ce vous que je vois, ô mon Maître adorable !
Pâle, abattu, sanglant, victime de douleurs?
Fallait-il à ce prix racheter un coupable
Qui même à votre sang ne mêla pas ses pleurs?

Judas vous livre aux Juifs dans sa fureur extrême;
Peut-il à cet excès, le traître, vous haïr?
Comme lui, mille fois je dis que je vous aime,
Et je ne rougis point, ingrat, de vous trahir !

On vous charge de fers, innocente victime ;
Peuples, scribes et rois, tous s'arment contre vous.
Si le Ciel est si lent à venger un tel crime,
C'est votre amour, Jésus, qui suspend son courroux.

On vous couvre d'affronts, on vous raille, on vous frappe :
Mépris, soufflets, crachats, rien ne peut vous aigrir.

Nul murmure secret, nul mot ne vous échappe,
Et moi, sans éclater je ne puis rien souffrir !

O barbare fureur ! dans son sang un Dieu nage ;
Sur lui mille bourreaux s'acharnent tour à tour ;
Ils redoublent leurs coups, ils épuisent leur rage,
Mais rien ne peut jamais affaiblir son amour.

Quand je vois mon Sauveur, mon chef et mon modèle,
Ceint d'un bandeau sanglant d'épines, de douleurs,
Combien dois-je rougir, lâche, ingrat, infidèle,
D'aimer à me plonger dans le sein des douceurs !

O spectacle effrayant ! rigoureuse justice !
Jésus, quoique innocent, en croix meurt attaché ;
Un Dieu juste, un Dieu bon ordonne son supplice !
Jugez de là, mortels, quel mal est le péché.

Votre Fils expirant entre vous et la terre
Est comme un mur, Seigneur, qui pare tous vos coups.
Si vous voulez nous perdre, il faut que le tonnerre
Frappe ce Fils chéri pour venir jusqu'à nous.

Tu le vois mort, pécheur, ce Dieu qui t'a fait naître :
Sa mort est son ouvrage et devient ton appui :
A ce trait de bonté, tu dois au moins connaître
Que s'il est mort pour toi, tu dois vivre pour lui.

O victime d'amour ! ô noble sacrifice !
O sanglante agonie ! ô cruelles rigueurs !
O trépas bienheureux ! salutaire supplice !
Vous serez à jamais l'entretien de nos cœurs.

### Engagement solennel d'être à Dieu pour toujours.

Mon cœur, en ce jour solennel,
Il faut enfin choisir un maître ;
Balancer serait criminel,
Quand Dieu seul est digne de l'être.
C'est est donc fait, ô Dieu sauveur !
A vous seul je donne mon cœur.      } *bis*.

A qui doit-il appartenir,
Ce cœur qui vous doit l'existence,
Que vous avez daigné nourrir
De votre immortelle substance ? . . . . . C'en est.

A chercher la félicité,
Hélas ! en vain je me consume ;
Loin de vous tout est vanité,
Déplaisir, tristesse, amertume. . . . . . C'en est.

Vous seul pouvez me rendre heureux ;
Je le sens, oui, votre présence
A pleinement comblé mes vœux
Et fixé ma longue inconstance. . . . . . C'en est.

Que sont donc les biens d'ici-bas ?
Qu'ils ont peu de valeur réelle !
Tous ensemble ils ne peuvent pas
Satisfaire une âme immortelle. . . . . . C'en est.

Que puis-je désirer de plus ?
Je possède mon Dieu lui-même
Ah ! tous les biens sont superflus
Quand on jouit du bien suprême. . . . . . C'en est.

En vain, trop séduisants plaisirs,
Vous faites briller tous vos charmes ;
Vous trompez toujours nos désirs,
Et vous finissez par des larmes. . . . . . C'en est.

Dans votre festin précieux,
Quelle innocente et douce ivresse !
Oh ! quels plaisirs délicieux
Me fait goûter votre tendresse ! . . . . . C'en est.

Le monde prétend à tout prix
Qu'à suivre ses lois je m'engage ;
Tu n'obtiendras que mon mépris ;
Monde aussi trompeur que volage. . . . . . C'en est.

Vous m'avez dit avec douceur :
Mon enfant, prends mon joug aimable.

Quand on le porte avec ferveur,
Il est léger, doux, agréable.          C'en est.

Qu'ils sont étonnants, vos bienfaits !
Leur grandeur fait mon impuissance.
Ah ! mon cœur pourra-t-il jamais
Acquitter ma reconnaissance ?          C'en est.

Oui, ce cœur vous est consacré ;
Je veux que toujours il vous aime :
J'en atteste le don sacré
Qu'il tient de votre amour extrême.    C'en est.

### Milice chrétienne.

Armons-nous ! la voix du Seigneur,
Chrétiens, au combat nous appelle.
Ah ! voyez combien elle est belle
La palme promise au vainqueur !
Elle est si noble, elle est si belle
La palme promise au vainqueur !        } bis.

Tout le cours de notre existence
N'est qu'un long et rude combat ;
L'âme ferme, que rien n'abat,
Seule obtiendra la récompense,  Armons-nous!

Des sens la voix enchanteresse
Veut égarer notre raison ;
Leurs délices sont un poison,
Et la mort suit de près l'ivresse.  Armons-nous!

La voix du monde nous convie
A ses plaisirs, à ses honneurs ;
Sacrifions ses biens trompeurs
Aux biens de l'éternelle vie.        Armons-nous !

Du démon la voix menaçante
Rugit sans cesse autour de nous ;
L'homme de foi brave ses coups
Et rit de sa rage impuissante.    Armons-nous !

Que craignez-vous ? Jésus vous guide,
Vous marchez sous son étendard ;
Que l'ennemi lance son dard,
La croix vous servira d'égide.    Armons-nous !

La croix ! c'est la sainte bannière
Qui rendit vainqueurs, triomphants
De l'or, des plaisirs, des tyrans
Les martyrs de l'Eglise entière.    Armons-nous!

Combattez sous l'œil de Marie,
Du courage jusqu'à la mort !
Bientôt vous atteindrez le port,
Bientôt vous verrez la patrie.    Armons-nous!

### Le ciel en est le prix.

Le ciel en est le prix :
Que ces mots sont sublimes !
Des plus belles maximes
Voilà tout le précis :
Le ciel en est le prix.

Le ciel en est le prix :
Mon âme, prends courage ;
Ah ! si dans l'esclavage
Ici bas je gémis,
Le ciel en est le prix.

Le ciel en est le prix :
Amusement frivole,
De grand cœur je t'immole
Au pied du crucifix ;
Le ciel en est le prix.

Le ciel en est le prix :
Qu'heureuse est la jeunesse,
Lorsque de la sagesse
Elle porte les fruits !
Le ciel en est le prix.

Le ciel en est le prix :

La loi m'ordonne-t-elle ?
Fût-ce une bagatelle,
N'importe, j'obéis ;
Le ciel en est le prix.

Le ciel en est le prix :
Un rien, Seigneur, vous charme :
Que faut-il ? une larme ;
Qui n'en serait surpris ?
Le ciel en est le prix.

Le ciel en est le prix :
Rends pour moi ce service ;
Fais-moi ce sacrifice :
Dieu parle, j'y souscris :
Le ciel en est le prix.

Le ciel en est le prix :
Endurons cette injure ;
L'amour-propre en murmure ;
Mais tout bas je lui dis :
Le ciel en est le prix.

Le ciel en est le prix :
Conservons l'innocence,
Ou par la pénitence
Sauvons-en les débris :
Le ciel en est le prix.

Le ciel en est le prix :
Dans l'éternel empire,
Qu'il sera doux de dire :
Tous nos maux sont finis !
Le ciel en est le prix.

## Le chrétien.

Je suis chrétien ! voilà ma gloire,
Mon espérance et mon soutien,
Mon chant d'amour et de victoire ;
    Je suis chrétien !         *bis.*

Je suis chrétien ! à mon baptême
L'eau sainte a coulé sur mon front ;
La grâce, en ce moment suprême,
De mon âme a lavé l'affront.  *Je suis.*

Je suis chrétien ! j'ai Dieu pour père ;
A la loi je veux obéir ;
Avec sa grâce salutaire,
Pour lui je veux vivre et mourir.  *Je suis.*

Je suis chrétien ! je suis le frère
De Jésus-Christ, mon rédempteur ;
L'aimer, le servir et lui plaire,
Fera ma gloire et mon bonheur.  *Je suis.*

Je suis chrétien ! je suis le temple
De l'Esprit-Saint, du Dieu d'amour ;
Celui que tout le ciel contemple
Possède mon cœur sans retour.  *Je suis.*

Je suis chrétien ! ô sainte Eglise,
Je suis devenu votre enfant ;
Plein d'amour, d'une foi soumise,
Je suivrai votre enseignement.  *Je suis.*

Je suis chrétien ! j'ai pour bannière
La croix de mon divin Sauveur ;
Mes ennemis me font la guerre,
Mais je me ris de leur fureur.  *Je suis.*

Je suis chrétien ! sur cette terre
Je passe comme un voyageur.
Ici-bas tout n'est que misère,
Rien ne saurait remplir mon cœur.  *Je suis,*

Je suis chrétien ! ô ma patrie.
Beau ciel, j'irai te voir un jour.
En Dieu je trouverai la vie,
La paix, le bonheur et l'amour.  *Je suis.*

## Avantages de la ferveur.

Goûtez, âmes ferventes,
Goûtez votre bonheur ;
Mais demeurez constantes
Dans votre sainte ardeur.

Heureux le cœur fidèle
Où règne la ferveur !
Qui possède avec elle
Tous les dons du Sei-
    gneur.     *bis.*

Elle est le vrai partage
Et le sceau des élus ;
Elle est l'appui, le gage
Et l'âme des vertus.
    Heureux, etc.

Par elle la foi vive
S'allume dans nos cœurs,
Et sa lumière active
Guide et règle nos mœurs
    Heureux, etc.

Par elle l'espérance
Ranime ses soupirs,
Et croit jouir d'avance
Des célestes plaisirs.
    Heureux, etc.

Par elle dans les âmes
S'accroît de jour en jour
L'activité des flammes

Du pur et saint amour.
    Heureux, etc.

C'est sa vertu puissante
Qui garantit nos sens
De l'amorce attrayante
Des plaisirs séduisants.
    Heureux, etc.

De l'âme pénitente
Elle adoucit les pleurs,
Et de l'âme souffrante
Elle éteint les douleurs.
    Heureux, etc.

Une larme sincère,
Un seul soupir du cœur,
Par elle a de quoi plaire
Aux regards du Seigneur.
    Heureux, etc.

Sous ses heureux auspices
On goûte les bienfaits,
Les charmes, les délices
De la plus douce paix.
    Heureux, etc.

Mais sans sa vive flamme
Tout déplaît, tout languit,
Et la beauté de l'âme
Se fane et dépérit.
    Heureux, etc.

## Triomphe et bienfaits de l'Esprit-Saint dans la fondation de l'Eglise.

Depuis quatre mille ans, plongé dans les ténèbres,
    Assis à l'ombre de la mort,
L'univers gémissant sous ses voiles funèbres,
    Soupirait pour un meilleur sort.

Mais l'Esprit-Saint, par sa lumière,
Dissipe la nuit sans retour,
Comme on voit une ombre légère
S'enfuir devant l'astre du jour.
La religion nous rappelle,
Sachons vaincre, sachons périr.
Un chrétien doit vivre pour elle,
Pour elle un chrétien doit mourir.　　**bis**

Pour soumettre à sa loi tous les peuples du monde,
　Il ne veut que douze pêcheurs ;
Pour étendre partout le royaume qu'il fonde,
　Il en fait ses ambassadeurs.
　　Nouveaux guerriers, prenez la foudre,
　　Allez conquérir l'univers ;
　　Frappez, brisez, mettez en poudre
　　L'idole du monde pervers.　　La religion.

En vain, ô fiers tyrans, votre main meurtrière
　Fait couler leur sang à grands flots :
Ce sang devient fécond ; de leur noble poussière
　S'élève un essaim de héros ;
　　Et, courbant eux-mêmes leurs têtes,
　　Seigneur, sous le joug de vos lois,
　　Après trois siècles de tempêtes,
　　Les princes arborent la croix.　　La religion.

O reine des cités ! toi dont la destinée
　Est de régner sur l'univers,
De ce joug si nouveau si tu fus étonnée,
　Tu t'enorgueillis de tes fers.
　　La religion triomphante
　　Sur le trône de tes Césars
　　Veut que les peuples qu'elle enfante
　　Combattent sous ses étendards.　　La religion.

Sainte religion, l'amour et les délices
　De nos pères, de nos aïeux,
Puissent toujours marcher sous tes divins auspices

Et leurs enfants et leurs neveux !
Si jamais, de leur cœur bannie,
Tu t'exilais loin des Français,
Que ma trop ingrate patrie
Se souvienne de tes bienfaits.      La religion.

Eglise de Jésus, doux charme de ma vie,
    Et mon espoir dès le berceau,
Sainte religion, si jamais je t'oublie,
    Si tu ne me suis au tombeau,
    Que jamais ma langue glacée
    Ne prête de sons à ma voix,
    Et que ma droite desséchée
    Me punisse et venge tes droits.      La religion.

### Sur le sacré cœur.

Perçant les voiles de l'aurore,
Le jour apparaît dans les cieux :
    Ainsi, cœur sacré que j'adore,
Tout rayonnant d'amour, tu viens frapper mes yeux.

    Séraphins, à ce roi suprême,                     *bis.*
    Souffrez que j'offre vos ardeurs ;
    Pour aimer Jésus comme il aime,
Faibles mortels, c'est trop peu de nos cœurs. *bis.*

    Toujours dans cet auguste asile,
    Jésus va régner en vainqueur ;
    Venez, peuple tendre et docile,
Au pied de ses autels rendre hommage à son cœur.
        Séraphins, etc.

    Ce cœur généreux, magnanime,
    Du ciel irrité contre nous,
    Voulut devenir la victime,
Et nous mettre à l'abri des traits de son courroux.
        Séraphins, etc.

    Contemplez la croix qui s'élève
    Du cœur entr'ouvert de Jésus :

Le sang de Jésus est la sève
Qui fait croître et fleurir cet arbre des élus.
    Séraphins, etc.

Autour de ce cœur, ô saints Anges,
Tremblants et joyeux à la fois,
Chantez, célébrez ses louanges;
A vos chants s'uniront et nos cœurs et nos voix.
    Séraphins, etc.

### Les fidèles implorent les bontés de Marie.

Salut, du ciel auguste et sainte reine,
Dont la beauté ravit les bienheureux!
Mère de grâce, aimable souveraine,
Soyez l'objet de mes chants, de mes vœux. *bis.*
Salut, aimable et divine Marie!
Nous vous vouons l'hommage de nos cœurs.
Après Jésus vous seule êtes la vie,
Et le refuge et l'espoir des pécheurs.     *bis.*
Fils malheureux d'une coupable mère,
Bannis du ciel, les yeux baignés de pleurs,
Nous vous faisons de ce lieu de misère,
Par nos soupirs entendre nos douleurs.  *bis.*
Ecoutez-nous, puissante protectrice;
Tournez sur nous vos yeux compatissants,
Et faites voir qu'à nos malheurs propice,
Vous ressentez les maux de vos enfants.  *bis.*
O douce, ô tendre, ô pieuse Marie!
Vous, dont Jésus, mon Dieu, reçut le jour,
Faites qu'après l'exil de cette vie,
Nous le voyions dans l'éternel séjour.   *bis.*

### Marie invite les pécheurs à recourir à elle.

Reine des cieux, ô divine Marie!
Qu'il nous est doux de vous offrir nos cœurs!
Heureux celui qui consacre sa vie
A vous bénir, à chanter vos faveurs!  *bis.*

Que de bienfaits, que de grâces touchantes,
Vous répandez sur vos enfants chéris !
Vous accueillez les âmes repentantes,
Et leur rendez les droits de vos amis.　　*bis.*

Juste, bénis la bienfaisante mère
Qui t'embellit de toutes les vertus,
Qui t'inspira le désir de lui plaire,
Et te guida dans l'amour de Jésus !　　*bis.*

Et toi, pécheur, du démon la victime,
Qui t'arrêta dans tes égarements ?
Qui te retint sur le bord de l'abîme ?
Qui t'épargna du Ciel les châtiments ?　　*bis.*

Tu lui dois tout ; sa voix, pleine de charmes,
A de son fils suspendu la fureur.
Par tes péchés tu fis couler ses larmes :
En les pleurant rends la joie à son cœur !　　*bis.*

Tendre Marie, ah ! mon âme rebelle
Ne peut tenir contre votre bonté.
Pourrais-je encor demeurer infidèle ?
Non, je reviens au Dieu que j'ai quitté.　　*bis.*

Il en est temps, aimable protectrice,
Mon cœur enfin se rend à votre amour :
De votre fils apaisez la justice ;
Je me consacre à Jésus sans retour.　　*bis.*

### Les chrétiens s'engagent à prendre Marie pour modèle, pour protectrice et pour mère.

Je veux célébrer par mes louanges
La gloire de la reine des cieux :
Et m'unissant aux concerts des anges,
Je m'engage à la chanter comme eux.　　*bis.*

Sur vos pas, ô divine Marie !
Plus heureux qu'à la suite des rois,
Dès ce jour et pour toute ma vie
Je m'engage à vivre sous vos lois,　　*bis.*

Si du monde écoutant le langage,
Du plaisir j'ai cherché les attraits,
A vous posséder seule en partage,
Je m'engage aujourd'hui pour jamais.      *bis.*

Par un culte constant et sincère,
Par un vif et généreux amour,
A servir, à chérir une mère
Je m'engage aujourd'hui sans retonr.      *bis.*

Mère sensible et compatissante,
Soutenez, parmi tant de combats,
Les efforts d'une âme pénitente,
Qui s'engage à marcher sur vos pas.      *bis.*

Tu n'es plus qu'une terre étrangère
Pour moi, monde volage et trompeur,
Je ne veux que servir une mère
Qui s'engage à faire mon bonheur.      *bis.*

### Serment à Marie.

Bonne Marie,
Mère chérie,
Tu veux que je sois ton enfant
Bonne Marie,
Mère chérie,
Je le suis ; j'en fais le serment.
Du ciel, à mon âme ravie
J'entends redire à chaque instant :
« Mon fils, seras-tu de Marie,
« Pour jamais, seras-tu l'enfant ?      Bonne.

« Du monde si la voix impie
« Te dit : « Renonce à ton serment ! »
« Réponds-lui : « Je suis à Marie ;
« Pour jamais je suis son enfant. »      Bonne.

« Pour toi mon amour est sincère :
« Pour moi le tien l'est-il autant ?
« Moi, je t'aime comme une mère :
« Toi, m'aimes-tu comme un enfant ?      Bonne.

« Quand, à la fin de ta carrière,
« Tu fermeras ton œil mourant,
« Ne crains pas que ta bonne mère
« Abandonne alors son enfant.  Bonne.

« Conduit par moi dans la patrie
« Où l'éternel bonheur t'attend,
« Tu t'écrieras : « Vierge Marie,
« Qu'il est doux d'être ton enfant ! »  Bonne.

### Saint nom de Marie.

C'est le nom de Marie
Qu'on célèbre en ce jour ;
O famille chérie,
Chantez ce nom d'amour.
C'est le nom d'une mère,
Chantez, heureux enfants ;
Unissez pour lui plaire
Et vos cœurs et vos chants.  C'est le nom.

C'est un nom de puissance,
Un nom plein de douceur,
Mais toujours sa clémence
Surpasse sa grandeur.  C'est le nom.

C'est un nom de victoire,
Il dompte les enfers ;
Il nous donne la gloire
De briser tous nos fers.  C'est le nom.

C'est un nom d'espérance
Au pécheur repentant,
Un gage d'innocence
Au cœur juste et fervent.  C'est le nom.

Il n'est rien de plus tendre,
Il n'est rien de plus fort,
Le ciel aime à l'entendre ;
Pour l'enfer c'est la mort.  C'est le nom.

Que le nom de ma mère,
Au dernier de mes jours,

Soit toute ma prière,
Qu'il soit tout mon secours.      C'est le nom.

## Notre-Dame du Rosaire.

D'une mère chérie
Célébrons les grandeurs,
Consacrons à Marie
Et nos voix et nos cœurs.
De concert avec l'ange,
Quand il la salua,
Disons à sa louange
Un *Ave, Maria.*

Modeste créature,
Elle plut au Seigneur;
Et vierge toujours pure,
Enfanta le Sauveur.      De concert.

Nous étions la conquête
Du tyran des enfers;
En écrasant sa tête,
Elle a brisé nos fers.      De concert.

Que l'espoir se relève
En nos cœurs abattus;
Par cette nouvelle Eve
Les cieux nous sont rendus.      De concert.

O Marie! ô ma mère!
Prenez soin de mon sort:
C'est en vous que j'espère
En la vie, à la mort.      De concert.

O céleste lumière,
O source de bonheur,
Exaucez la prière
Que vous offre mon cœur.      De concert.

Obtenez-nous la grâce,
A notre dernier jour,
De vous voir face à face
Au céleste séjour.      De concert.

## Notre-Dame des Victoires.

Chrétiens, qui combattons aujourd'hui sur la terre,
Souvenons-nous toujours, au milieu du danger,
Souvenons-nous qu'au ciel nous avons une Mère
Dont le bras tout-puissant saura nous protéger.
    Notre-Dame de la Victoire
    De l'enfer triomphe en ce jour.
      Encore un chant de gloire,
      Encore un chant d'amour !

Plaçons en elle seule une ferme espérance ;
Que nos cœurs dévoués l'aiment jusqu'au trépas,
Et que de notre sein son nom béni s'élance
Pour nous rallier tous au plus fort des combats.
C'est la tour de David, inexpugnable asile,
Qui du démon jaloux brave tous les assauts ;
C'est l'arche défiant, dans sa marche tranquille,
Et la fureur des vents, et la rage des flots.
Marie, à vos enfants donnez force et courage,
Un courage à l'épreuve et du fer et du feu,
Prêt à sacrifier, si la lutte s'engage,
Nos âmes et nos corps en holocauste à Dieu.
O vierge immaculée et mille fois bénie,
Comblez-nous, s'il vous plaît, de vos dons précieux.
Faites qu'après le cours d'une pieuse vie,
Tous vos heureux enfants soient reçus dans les cieux.

## Hymne de saint Casimir.

Unis aux concerts des anges,
Aimable reine des cieux,
Nous célébrons tes louanges
Par nos chants mélodieux.
    De Marie
    Qu'on publie
Et la gloire et les grandeurs !
    Qu'on l'honore,
    Qu'on l'implore,
Qu'elle règne sur nos cœurs !

Auprès d'elle la nature
Est sans grâce et sans beauté,
Les cieux mêmes sans parure,
L'astre du jour sans clarté.　　　De Marie.

C'est le lis de la vallée
Dont le parfum précieux
Sur la terre désolée
Attira le roi des cieux.　　　De Marie.

C'est l'auguste sanctuaire
Que le Dieu de majesté
Inonda de sa lumière,
Embellit de sa beauté!　　　De Marie.

C'est la vierge incomparable,
Gloire et salut d'Israël,
Qui pour un monde coupable
Fléchit le courroux du Ciel.　　　De Marie.

C'est la vierge, c'est Marie :
Dans ce nom que de douceur !
Nom d'une mère chérie,
Nom, doux espoir du pécheur.　　　De Marie.

### Cantique à Marie.

O mère chérie,
　　Place-moi
Un jour, dans la patrie,
　　Près de toi.

Je suis aimé de toi, mère chérie :
Ce doux penser fait palpiter mon cœur.
C'est un parfum qui réjouit ma vie,
Et dans l'exil me donne le bonheur.　　　O mère.

Quand viendra-t-il, ce jour, mère chérie,
Où je pourrai reposer sur ton cœur?
Je veux, du moins, ô divine Marie !
Chanter ton nom pour calmer ma douleur. O mère.

Dans les ennuis, à mon âme flétrie,
Ton nom si cher rend le calme et la paix.

Dès qu'on t'implore, ô puissante Marie !
Le Ciel sourit et verse ses bienfaits.     O Mère.

Ce nom si doux pour un enfant qui prie,
Je le redis mille fois chaque jour,
Et je le sens, ô divine Marie !
Ton œil sur moi repose avec amour.     O Mère.

## Cantique d'actions de grâces à la fin de la journée.

Bénissons à jamais
Le Seigneur dans ses bienfaits     *bis.*

Bénissez-le, saints anges,
Louez sa majesté,
Rendez à sa bonté
Mille et mille louanges.     Bénissons.

Comme un pasteur fidèle,
Sans craindre de travail,
Il ramène au bercail
Une brebis rebelle.     Bénissons.

Sa bonté me supporte,
Sa lumière m'instruit,
Sa beauté me ravit,
Son amour me transporte.     Bénissons

Oh ! que c'est un bon père !
Qu'il a grand soin de nous !
Il nous supporte tous,
Malgré notre misère.     Bénissons.

Oui, sa douceur m'enchaîne,
Sa grâce me guérit,
Sa force m'affermit,
Sa charité m'entraîne.     Bénissons.

Dieu seul est ma tendresse,
Dieu seul est mon soutien,
Dieu seul est tout mon bien,
Ma vie et ma richesse.     Bénissons

## Départ.

Avant de quitter notre maître
Jetons-nous dans son divin cœur;
C'est là que nous pouvons nous promettre
De trouver la paix et le bonheur. } *bis.*

Marie, ô douce et tendre mère,
Recevez aussi nos adieux;
Ah! conjurez Jésus et son Père,
De nous placer un jour dans les cieux! } *bis.*

Saint Joseph, époux de Marie,
Soyez touché de notre sort;
Guidez nos pas durant cette vie,
Priez pour nous, surtout à la mort! } *bis.*

Loin de Jésus, loin de sa mère,
Hélas! nous sommes orphelins;
Ayez pitié de notre misère,
Veillez sur nous, saints anges gardiens. } *bis.*

### PRINCIPALES VÉRITÉS DE LA RELIGION.

Il n'y a qu'un seul Dieu. — Il y a trois personnes en Dieu, le Père, le Fils, et le Saint-Esprit. — Le Fils de Dieu fait homme s'appelle Jésus-Christ. — Il est venu au monde pour expier nos péchés et nous sauver de l'enfer. — Il est né le jour de Noël. — Il a vécu 33 ans. — Il a établi le sacrement de l'Eucharistie le Jeudi saint. — Il est mort sur la croix le Vendredi saint. — Il est ressuscité le jour de Pâques. — Il est monté au ciel le jour de l'Ascension. Il a envoyé son Saint-Esprit à ses apôtres le jour de la Pentecôte. — Il reviendra à la fin du monde pour juger les vivants et les morts. — Les bons jouiront d'un bonheur éternel dans le ciel. — Les méchants subiront un tourment éternel dans l'enfer. — On ne peut être sauvé que dans l'Eglise catholique, apostolique et romaine, qui est la vraie Eglise de Jésus-Christ. — Nous ne pouvons rien sans sa grâce; sa grâce ne fait rien sans nous, nous pouvons tout avec sa grâce.

Il y a sept sacrements : le Baptême, la Confirmation, l'Eucharistie, la Pénitence, l'Extrême-Onction, l'Ordre et le Mariage.

Le Baptême est un sacrement qui efface le péché originel, et qui nous fait les enfants de Dieu et de l'Eglise.

La Confirmation est un sacrement qui nous donne le Saint-Esprit, et nous rend parfaits chrétiens.

L'Eucharistie est un sacrement qui contient réellement et en vérité le Corps et le Sang, l'Ame et la Divinité de Jésus-Christ, sous les espèces du pain et du vin.

La Pénitence est un sacrement qui remet les péchés commis après le Baptême.

L'Extrême-Onction est un sacrement institué pour le soulagement spirituel et corporel de ceux qui sont dangereusement malades.

L'Ordre est un sacrement qui donne le pouvoir d'exercer les fonctions ecclésiastiques, et la grâce de les remplir dignement.

Le Mariage est un sacrement établi par Jésus-Christ pour sanctifier l'union légitime des époux.

Il y a sept dons du Saint-Esprit : la Sagesse, l'Intelligence, le Conseil, la Force, la Science, la Piété et la Crainte de Dieu.

Il y a trois Vertus qu'on appelle Théologales, parce qu'elles ont Dieu pour objet : la Foi, l'Espérance, la Charité ou l'Amour de Dieu.

Il y a quatre Vertus qu'on nomme Cardinales, parce que sur elles s'appuient toutes les autres : la Force, la Prudence, la Tempérance et la Justice.

Il y a sept péchés capitaux, qui sont la source de tous les autres : l'Orgueil, l'Envie, l'Avarice, la Luxure, la Gourmandise, la Colère et la Paresse.

Orléans, imprimerie CHENU, rue Croix-de-Bois, 21.

www.ingramcontent.com/pod-product-compliance
Lightning Source LLC
Chambersburg PA
CBHW070819260626
47161CB00006B/2343